Ce livre appartient à :

Lian Dameron

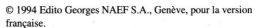

ISBN : 2-8313-0240-4

Traduction : Bérengère Descosses-Fleury

MES CONTES PRÉFÉRÉS

Le Petit Chaperon rouge

Illustrations
de
PETER STEVENSON

D'après le conte de Charles Perrault

Il était une fois une petite fille qui aimait bien rendre visite à sa grand-mère. La vieille dame était toujours en train de coudre quelque chose pour sa petite-fille préférée.

Un jour, elle lui fit quelque chose de vraiment extraordinaire : une magnifique cape rouge vif avec un capuchon. La petite fille l'aimait tellement qu'elle la portait tout le temps.

Et bientôt, tout le monde l'appela "Le Petit Chaperon rouge".

Un matin, sa mère dit au Petit Chaperon
rouge :
– Ta grand-mère n'est pas bien. J'ai
préparé des douceurs pour elle et
j'aimerais que tu les lui apportes.

– Mais fais attention en traversant
la forêt ! Ne t'arrête en chemin sous
aucun prétexte et surtout ne parle à
personne !

– Je ferai bien attention, dit le Petit
Chaperon rouge. Et je ne m'arrêterai
pas même une seconde !

Puis, elle dit au revoir à sa mère, et
partit vers la forêt, son petit panier sous
le bras.

Mais, à l'orée de la forêt, quelqu'un de rusé l'attendait.

C'était un loup ! Quand le Petit Chaperon rouge fut tout près, il lui fit un gentil sourire.

– Bonjour, ma chère enfant, dit-il. Quelle magnifique matinée !

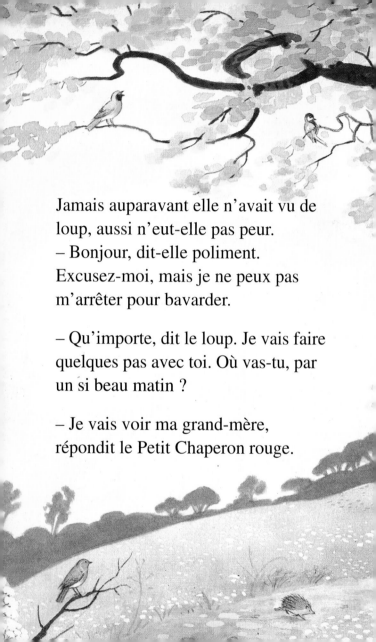

Jamais auparavant elle n'avait vu de
loup, aussi n'eut-elle pas peur.
– Bonjour, dit-elle poliment.
Excusez-moi, mais je ne peux pas
m'arrêter pour bavarder.

– Qu'importe, dit le loup. Je vais faire
quelques pas avec toi. Où vas-tu, par
un si beau matin ?

– Je vais voir ma grand-mère,
répondit le Petit Chaperon rouge.

– Alors, dit le loup, je vais te montrer où se trouvent les plus belles fleurs de la forêt. Tu pourras en faire un joli bouquet pour ta grand-mère.

Le Petit Chaperon rouge savait qu'elle avait tort de s'arrêter, mais l'idée d'offrir des fleurs à sa grand-mère lui plaisait tellement qu'elle suivit le loup.

– Nous y voici, dit-il. Et à présent je file ! Il me faut aller déjeuner.

Arrivée chez la grand-mère, le Petit Chaperon rouge frappa à la porte.

– C'est toi, ma chérie ? demanda tout bas une voix rauque. Tire la chevillette et la bobinette cherra !

Le Petit Chaperon rouge tira la chevillette et la porte s'ouvrit.
Ce qu'elle vit l'étonna vivement.

– Grand-mère, dit-elle, que vous avez de grandes oreilles !

– C'est pour mieux t'entendre, mon enfant.

Le Petit Chaperon rouge s'approcha.

– Grand-mère, que vous avez de grands yeux !

– C'est pour mieux te voir, mon enfant.

Et le Petit Chaperon rouge s'approcha encore.

– Grand-mère, que vous avez de grandes dents !

– C'est pour mieux te manger mon enfant ! rugit le loup, et il l'avala d'une seule bouchée.

Le soir, en voyant que le Petit Chaperon rouge ne rentrait pas, ses parents commencèrent à s'inquiéter. Finalement, son père alla chez la grand-mère pour la chercher.

Horrifié de trouver un animal féroce dans le lit à la place de la vieille dame, il tua le méchant loup d'un coup de hache.

Puis, délicatement, le père ouvrit le ventre du loup. La petite fille en sortit, toute tourneboulée.

– Où est grand-mère ? demanda le Petit Chaperon rouge.

– Je suis là, dit une voix étouffée, à l'intérieur du loup.

Le Petit Chaperon rouge et son père tirèrent la grand-mère du loup et la remirent au lit.

– Je me sens déjà beaucoup mieux, dit la vieille dame en dégustant les bonnes choses que sa petite-fille lui avait apportées.

La mère du Petit Chaperon rouge fut si heureuse de la revoir saine et sauve qu'elle n'eut pas le cœur à la gronder.

– Désormais, dit-elle, tu n'auras plus besoin de t'arrêter pour cueillir des fleurs. C'est moi qui te donnerai un bouquet pour ta grand-mère !

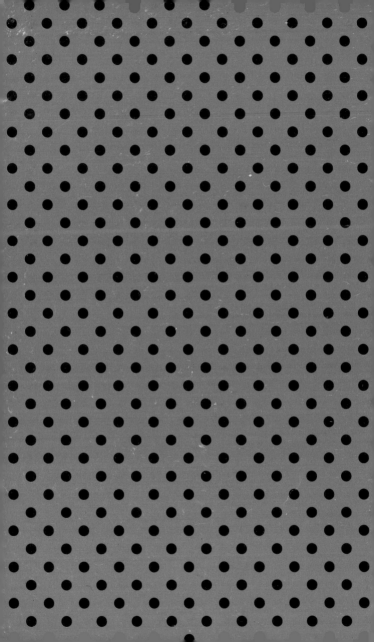